KB264433

어린 음악가

폭스트롯

헬메 하이네 글·그림 | 문성원 옮김

달리

폭스트롯은 땅속 깊은 곳에서 태어났어요.
세상에서 가장 조용한 곳이었지요.
그곳에는 라디오도 없고 전화도 없었어요.
게다가 아빠 여우는 무성영화만 보았답니다.

엄마 여우랑 아빠 여우는 다른 여우들처럼 말수가 적었어요.

말을 주고받지 않고도 서로 마음이 통했거든요.

마주 보고 웃거나, 이빨을 드러내는 것만으로도 충분했답니다.

어느 날 폭스트롯은 유모차에서 기어 나왔어요. 그리고 살짝 문 밖을
내다보고는 깜짝 놀라고 말았어요. 바깥세상은 정말 시끌벅적했거든요.

찌르륵찌르륵, 개굴개굴, 꽥꽥, 깍깍.
갖가지 소리들이 한데 뒤섞여 우렁차게 들려왔어요.

붕붕, 윙윙,

큰 소리가 났다가 작은 소리도 났고,

음매음매, 딸랑딸랑,
부드러운 소리가 났다가 쇳소리도 났어요.

지지배배, 짹짹, 깍깍, 쫑쫑.
갖가지 소리에 폭스트롯은 푹 빠져들었답니다.

집에 놀아온 꼭스트롯은 밖에서 들었던 소리를 흉내 내어 보았어요.
갖가지 소리를 한꺼번에 내면서요.

엄마 여우랑 아빠 여우는 너무 시끄럽다며 버럭 화를 냈어요.
한편으로는 걱정이 되었어요.

시끄러운 여우는 먹이를 구할 수 없거든요.
그런데도 폭스트롯은 막무가내였어요.

얼마 안 가 냉장고는 텅텅 비고,
배에서는 꼬르륵꼬르륵 소리가 났어요.

크리스마스이브가 되자 아빠 여우가 딱 한마디를 했어요.
"닭장을 털자!"

엄마 여우랑 아빠 여우는 폭스트롯의 입을 단단히 묶었어요.
그래서 아무 탈 없이 닭을 잡을 수 있었지요.

그런데 어디선가 갑자기 산지기가 나타났어요.
폭스트롯네 식구는 추위와 무서움에 벌벌 떨면서 마지막 순간을 기다렸어요.

그때 폭스트롯의 입에 묶인 줄이 풀어지고 폭스트롯이 노래를 부르기
시작했어요. 꾀꼬리처럼 곱고 아름다운 목소리로 말이에요.

노랫소리에 귀를 기울이던 산지기는
아름다운 목소리에 감동하여 폭스트롯네 식구를 살려 주었어요.
그러고서 한마디 덧붙였어요.
"이번 한 번뿐이야. 다음에는 총으로 쏴 버릴 거야."

폭스트롯네 식구가 기적처럼 목숨을 건진 이야기는 친척들 사이에 순식간에 퍼졌어요.
다들 선물을 들고 폭스트롯의 노래를 들으러 찾아왔지요.

폭스트롯은 하루아침에 아주 유명해졌어요.
엄마 여우랑 아빠 여우도 시끄러운 딸 폭스트롯을
무척 자랑스러워했지요.

곧 폭스트롯은 세계적인 스타가 되었어요.
폭스트롯은 아프리카의 왕 사자 앞에서도 노래를 불렀어요.

일 년 내내 얼음으로 뒤덮인

얼음 나라의 황실 앞에서도 노래를 불렀고요.

어른이 된 폭스트롯은 슬기로운 여우 청년과 결혼하여 아이들을 많이 낳았어요.
아이들은 하나같이 음악에 뛰어난 소질을 보였어요.

단지 막내아들이 걱정될 뿐이었지요.

지은이

헬메 하이네는 베를린에서 태어나 경제학과 예술을 전공했습니다. 유럽과 남아프리카 등지를 여행하면서 직접 쓰고 그림을 그려 넣은 동화가 세계적으로 알려지면서 수많은 상을 받았습니다. 현재 어린이 책뿐만 아니라 어른들을 위한 책도 쓰고 있으며, 조각을 하고 가구를 만드는 등 다양한 분야에서 재능을 발휘하고 있습니다. 작품으로는 《세상에서 가장 아름다운 달걀》 《코끼리 똥》 《세 친구》 《권투 장갑을 낀 기사와 공주》 들이 있습니다.

옮긴이

문성원은 한국외국어대학교 독일어과를 졸업하고, 독일의 본 대학교에서 번역학을 공부했습니다. 옮긴 책으로는 《라스무스와 방랑자》 《달에 사는 토끼》 《할머니, 나랑 친구해요!》 《길 위의 소년》 등이 있습니다.

어린 음악가 폭스트롯

헬메 하이네 글·그림 | 문성원 옮김

1판 1쇄 펴냄 2003년 11월 10일
1판 6쇄 펴냄 2011년 9월 5일

개정 1판 3쇄 펴냄 2020년 10월 29일

펴낸이 박소연 | 펴낸곳 (주)도서출판 달리 | 등록 2002. 6. 4.(제10-2398호)
04008 서울시 마포구 희우정로16길 17-5 | 전화 02) 333-3702 | 팩스 02) 333-3703
ISBN 978-89-5998-374-2 74800

이 도서의 국립중앙도서관 출판시도서목록(CIP)은 e-CIP 홈페이지(http://www.nl.go.kr/ecip)에서 이용하실 수 있습니다.
(CIP제어번호 : CIP2011000688)

Foxtrott

Written and illustrated by Helme Heine

Copyright © 2003 Carl Hanser Verlag, Müchen Wien
Korean translation copyright © 2003 Dahli Children's Books Inc.
All rights reserved.
This Korean edition is published by arrangement with
Carl Hanser Verlag, Müchen Wien.

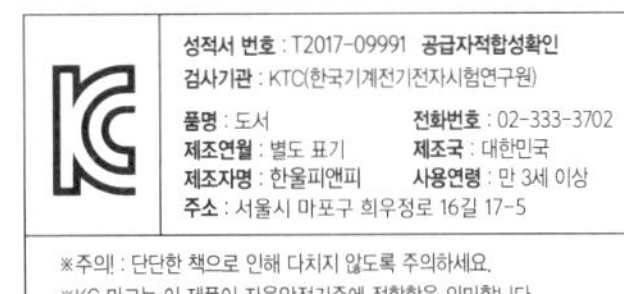